전지적 사물 시점

이석민 시인의 사물로 깨닫기

전지적 사물시점–사물로 깨닫기
이석민 글 · 그림

초판 인쇄 2019년 07월 15일
초판 발행 2019년 07월 20일

지은이 이석민
펴낸이 신현운
펴낸곳 연인M&B
기 획 여인화
디자인 이희정
마케팅 박한동
홍 보 정연순
등 록 2000년 3월 7일 제2–3037호
주 소 05052 서울특별시 광진구 자양로 56(자양동 680–25) 2층
전 화 (02)455–3987 팩스 (02)3437–5975
홈주소 www.yeoninmb.co.kr
이메일 yeonin7@hanmail.net

값 10,000원

ISBN 978–89–6253–463–4 03810

전지적 사물 시점

이석민 시인의 사물로 깨닫기

이석민 글 · 그림

누군가의 마음속에 들어가
티내지 않고 활력이 될 수 있는
늘 힘이 되는 없어서는 안 되는
그런 존재가 되고 싶다.

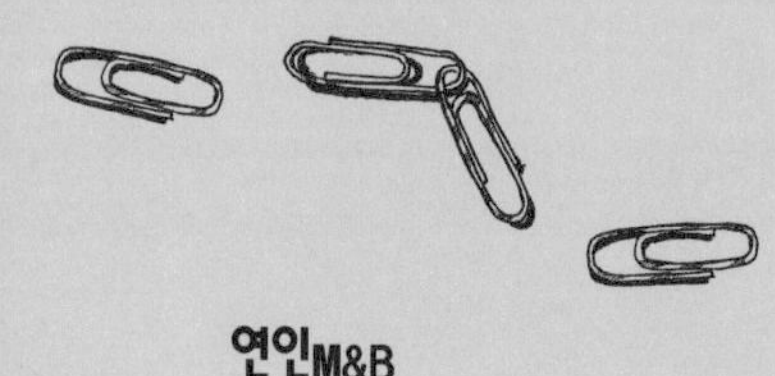

연인M&B

| 시인의 말 |

책을 읽거나 글을 쓰거나 혹은 공부를 하다가 갑자기 하기 싫을 때가 있습니다. 집중력도 떨어진데다가 능률도 없는 상태가 되었지요. 잠시 눈을 감고 휴식을 취할까 하다가 눈앞에 놓인 펜이 보였습니다. 이면지 연습장에 끄적거려 그려 보았습니다. 점점 펜의 형태가 갖춰지면서 스스로 자신이 그린 그림에 감탄을 했습니다. 그러다가 제 방 주변을 둘러보니 여러 가지 사물들이 보입니다.

전부 요긴한 것들입니다. 물론 당장 쓰지 않기에 쓸모없어 보이기도 한 것들도 있지요. 주방에 가 보니 이런저런 물건들이 꽤 많습니다. 거실에도 여러 물건들이 보이고요. 그래서 이 사물들을 그리고 그것들에게서 깨닫게 된 생각을 시(詩)처럼 짧게 나타내고 싶었습니다.

매일 한 가지씩 그리기로 마음먹었습니다. 그림이야 있는 그대로 그리면 되기에 크게 어렵지는 않았습니다. 오히려 그 그림에 맞는 깨달음을 어떻게 표현해야 하는지가 훨씬 어려웠습니다. 어떤 날은 하루 종일 그림에 맞는 구절을 생각하느라 다른 것들은 제겨 놓아야 했답니다.

워낙 잠이 없는 체질이라 이른 새벽에 작업을 합니다. 조용히 나만의 시간을 갖는 행복한 시간입니다. 그림과 구절이 완성되면 너무 기쁩니다. 스스로 흡족하게 그림과 글이 연결되었을 때는 환호성을 칠 정도입니다. 완성된 작품을 스마트폰으로 촬영하여 '페이스 북'에 올립니다. 고맙게도 페북 친구들이 댓글을 달거나 '좋아요' 등으로 반응을 보입니다.

제가 다니는 성당의 신부님께서 보시고는 주보의 지면이 여유가 있을 때 게재하겠다고 하여 여러 편의 작품이 실렸습니다. 보신 분들의 반응도 다양합니다. 이번에 한 권의 책으로 묶을 수 있게 응원해 준 가족들과 여러 벗들, 사랑스런 제자들, 그리고 출판의 기회를 준 신현운 대표께 깊은 감사드립니다.

2019. 6

碧天 이석민

| 차례 |

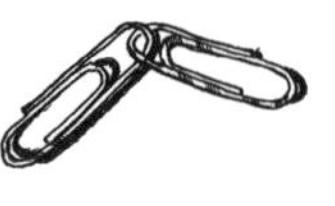

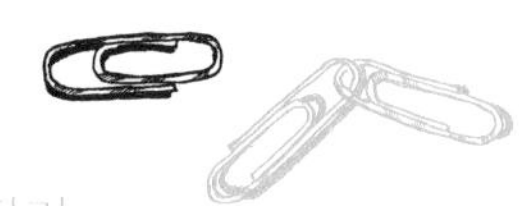

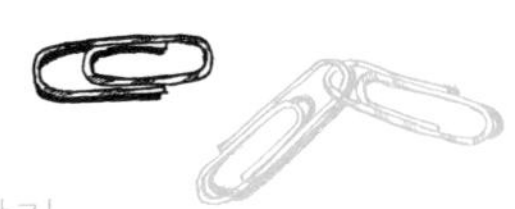

강자에게 약하고
약자에게 강한
모난 세상에 던져 주는 깨우침!

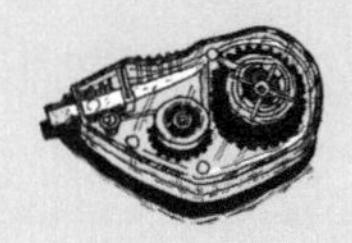

전지적 사물 시점

이석민 시인의 사물로 깨닫기

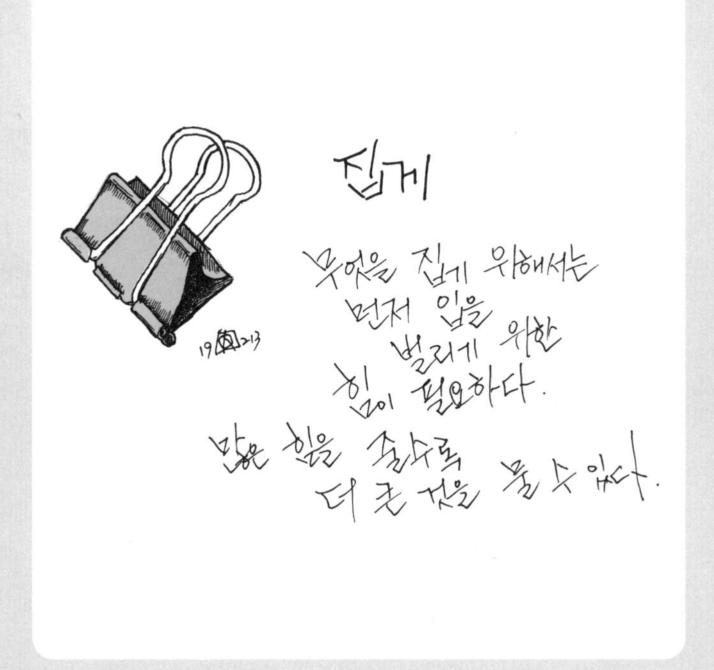
집게
무엇을 집기 위해서는
먼저 입을
벌리기 위한
힘이 필요하다.
많은 힘을 줄수록
더 큰 것을 물 수 있다.

집게

무언가를 집기 위해서는
먼저 입을 벌려야 한다.
이 세상엔
그냥 이루어지는 것은 하나도 없다.
더 큰 것을 물려면
더 크게 벌려야 한다.
더 크게 벌리고자 한다면
그만큼의 힘이 더 필요하다.

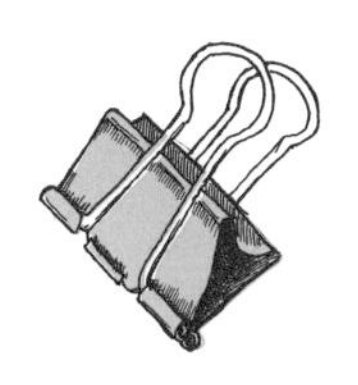

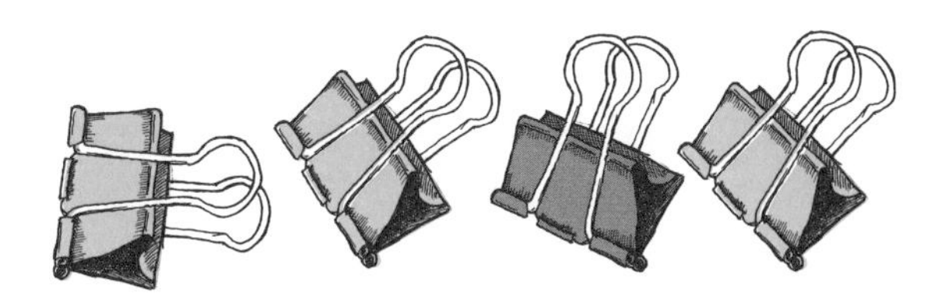

유에스비 USB

Universal 개인용 컴퓨터의
Serial 인터페이스
Bus 규격.

컴퓨터의 정보 전송 회로.
플래시 메모리를 이용한 이동형
데이터 기억 장치.
ㅠ.ㅠ 나는 여지껏 정확한 의미도 모르고 썼다.
Unknown Secret Box.

유에스비(USB)

그냥 '유에스비' 라고 부르며 사용했지.
왜 '유에스비' 인지 몰랐다.
우리는 얼마나 제대로
그 의미를 알고 사용하는가.
제 나름대로 의미를 부여하고
자기 마음대로 생각하며
살고 있지 않은가.

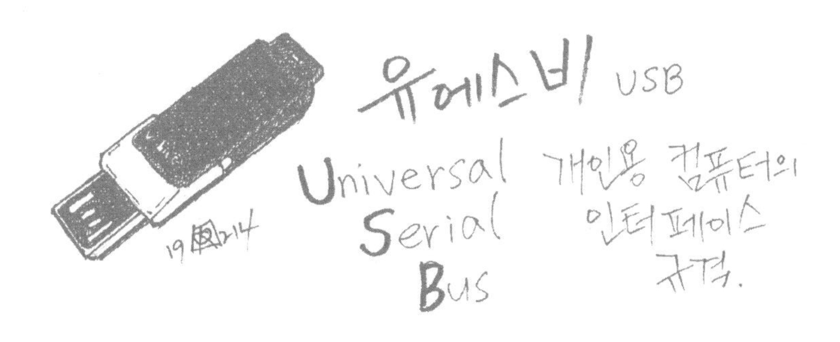

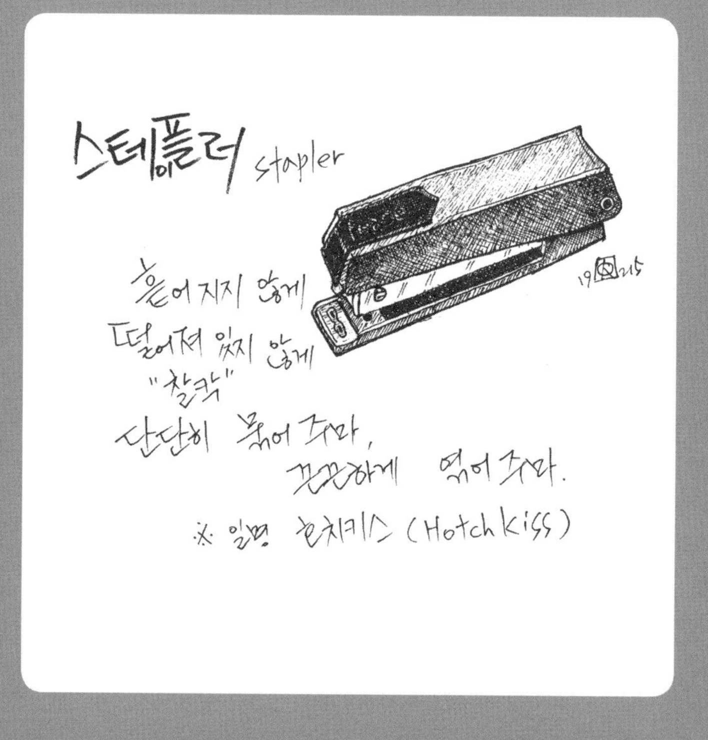
스테플러 stapler
흩어지지 않게
떨어져 있지 않게
"찰칵"
단단히 묶어 주마,
끈끈하게 엮어 주마.
※ 일명 호치키스 (Hotchkiss)

스테이플러(STAPLER)

꼭 그런 것은 아니나
우리는 묶거나 묶이기를 원하며 산다.
함께 있을 때 행복할 수 있다.
떨어져 있지 않을 때 안심이 된다.
흩어지지 않을 때 더욱 끈끈해진다.
하나이길 원한다.
누군가 엮어 주길 바란다.
누군가를 엮기를 원한다.

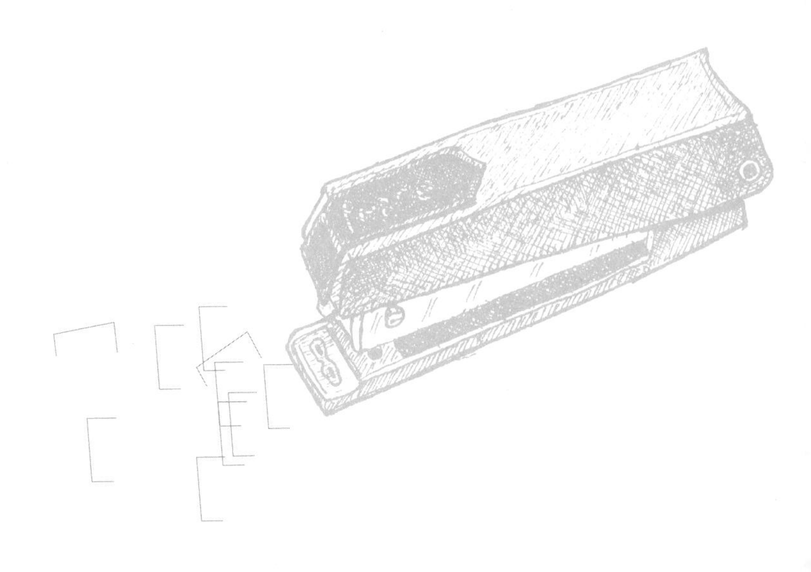

사물로 깨닫기 — 4

건전지

겉으로는 보이지 않으나
어딘가 힘의 근원이 되는 것이 있다.
건전지가 어디에 들어 있는지 모르나 그것 때문에
작동을 하고 제 기능을 하는 물건들이 있다.
누군가의 마음속에 들어가
티내지 않고 활력이 될 수 있는
늘 힘이 되는
없어서는 안 되는 그런 존재가 되고 싶다.

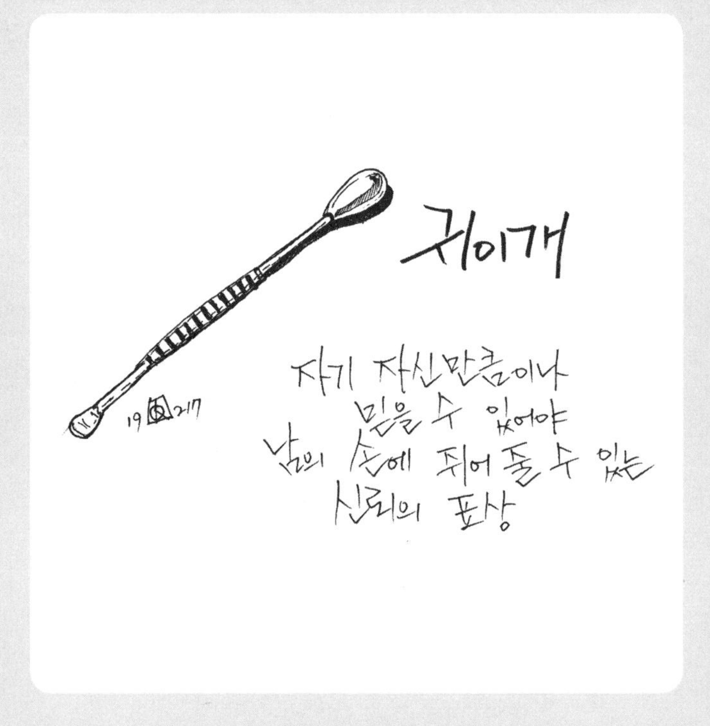
귀이개
자기 자신만큼이나
믿을 수 있어야
남의 손에 쥐어 줄 수 있는
신뢰의 표상

귀이개

믿음이 없으면 절대 맡기지 않는다.
자기 자신처럼 믿을 수 있어야 한다.
함부로 소중한 것을 의탁할 수는 없다.
그래서
어머니나 아내에게
쥐어 주며 내 귀를 파게 한다.
온전한 믿음이 있으므로.

사물로 깨닫기 — 6

가위

가지고 있다는 것은 힘이다.
가지고 있을 때 뭔가 할 수 있다.
가지고 있으면 뭔가 하고 싶어진다.
가위를 쥐면
오리고
도리고
자르고 싶어진다.
가지고 있기 때문이다.

열쇠

'연쇠'가 아닌
'열쇠'라서
희망적이다,
미래지향적이다,
긍정적이다.

열쇠

열쇠는 자물쇠를 잠그거나 여는 데 사용하는 물건이다.
아직 열거나 잠그지 않았기 때문에 '열쇠' 이다.
이미 열었다면 '연쇠' 이다.
그래서
가능성이 있다.
앞이 보인다.
그렇기 때문에
긍정적이다.

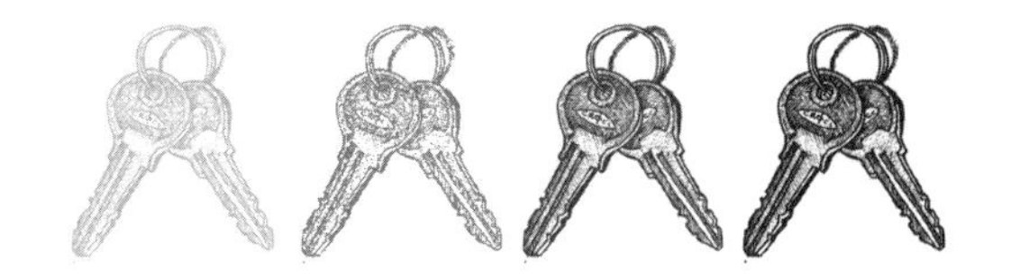

칫솔
털(毛)이
벌어지기 전에는
버려지지 않는다.

칫솔

쓸모가 있으면 살아남는다.
제 기능을 할 수 있으면 버려지지 않는다.
털이 벌어져 잇몸을 아프게 하면
다른 것을 닦는 것으로 쓰이거나
그냥 버려진다.
쓸 모(毛)가 있으면 버림받지 않는다.

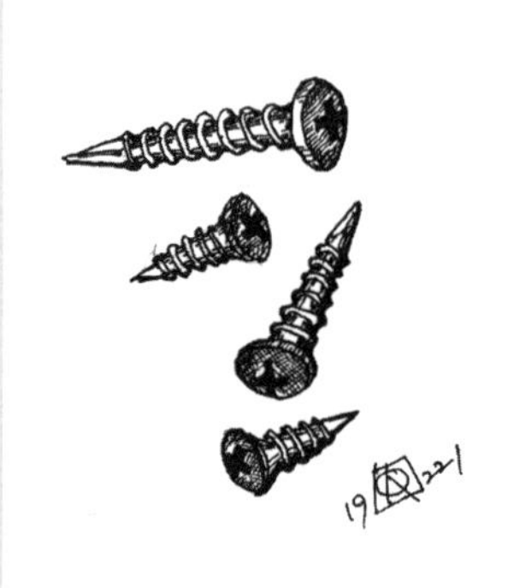

나사못

단단히 박히려면
반드시 오른쪽으로
돌아야 한다.
그것도 반듯이.

나사못

그냥 못보다 더욱 단단히 박히는 이유는
나선형(螺旋形)이기 때문이다.
그것도 오른쪽으로 돌려서 박아야 박힌다.
비뚤게 시작하면 다시 뽑아야 해서
공연히 흠집만 남긴다.
반드시 반듯이 박아야 한다.

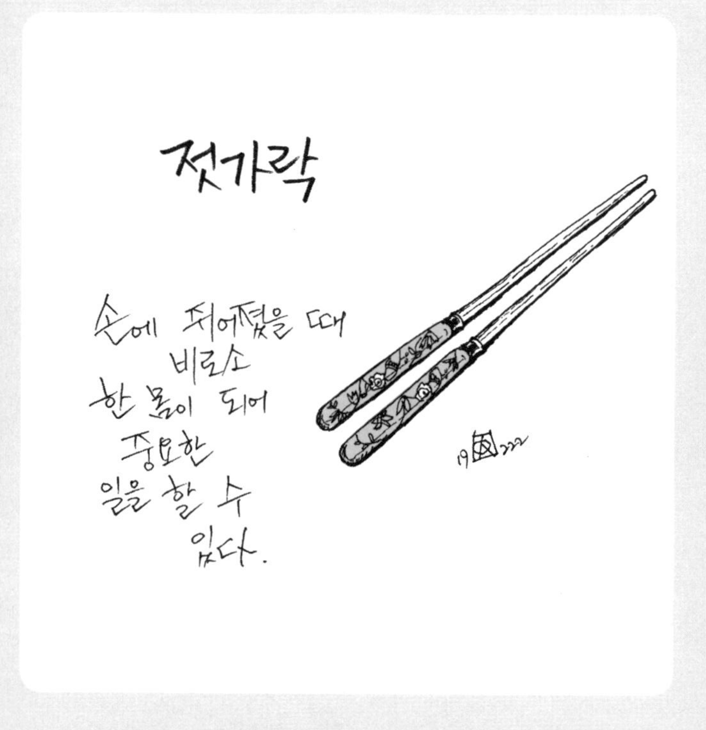
젓가락
손에 쥐어졌을 때
비로소
한 몸이 되어
중요한
일을 할 수
있다.

젓가락

혼자 있거나
그냥 놓여 있으면
제 할 일을 못한다.
두 가락을 손으로 쥐고 협력해야
음식을 집고 먹을 수 있다.
혼자서는 집을 수가 없다.
찍을 수만 있다.

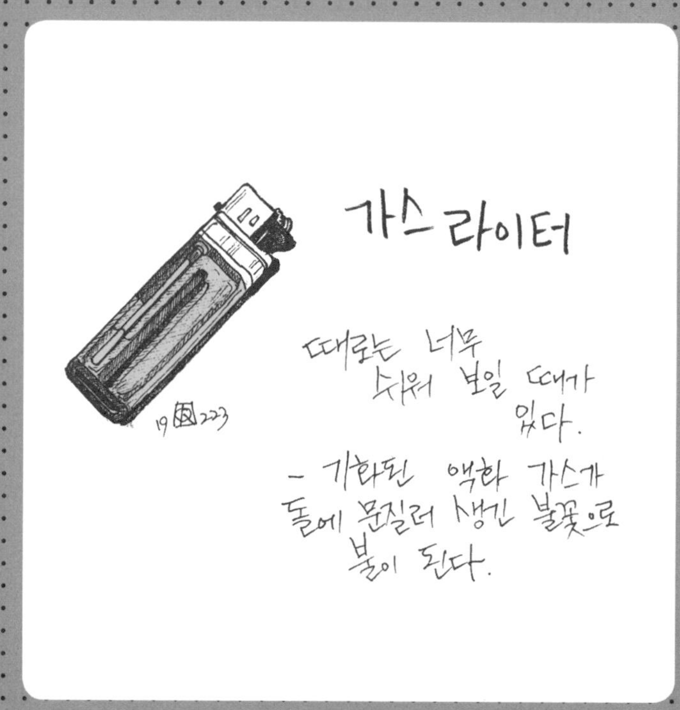
가스 라이터
때로는 너무
쉬워 보일 때가
있다.
- 기화된 액화 가스가
돌에 문질러 생긴 불꽃으로
불이 된다.

가스라이터

쉬운 것에 익숙해서
모든 게 너무 쉽게 이루어진다고 생각한다.
가스를 액체로 만들어서
이것을 다시 기체로 바꾼 후
라이터돌에 부딪혀 발생한 불꽃으로
불이 완성된다.
이 세상에 쉽게 되는 것은 없다.

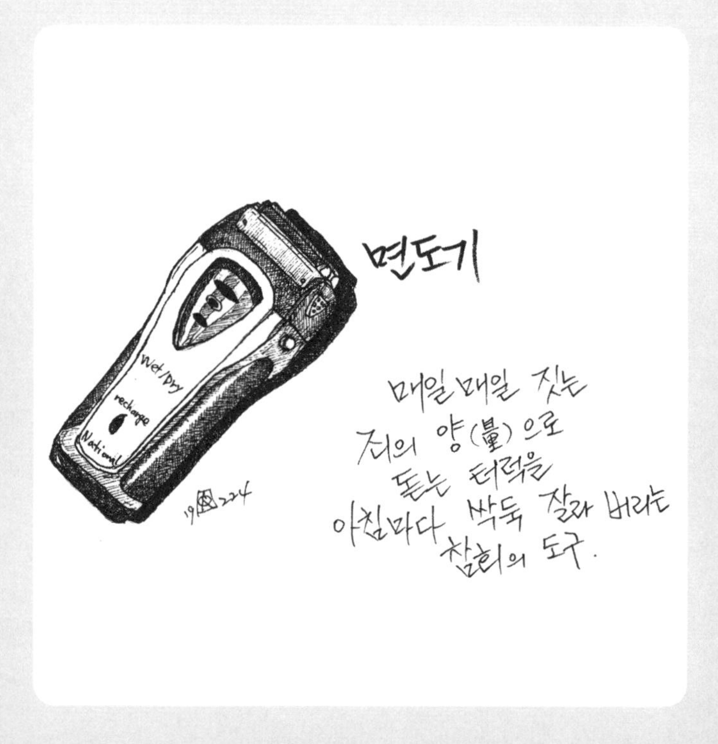
면도기
매일매일 짓는
죄의 양(量)으로
돋는 터럭을
아침마다 싹둑 잘라 버리는
참회의 도구.
Wet/Dry
recharge
National

면도기

한 주일 세상일에 시달렸다가
주일 성당에 가서
그동안 지은 죄를 용서해 달라고 기도한다.
하루하루 지내면서
그날 지은 죄의 양으로
수염이 쑥쑥 자란다.
매일 아침
잘라 내며 회개한다.
그러나
자르면 자를수록 더욱 굳게 돋는 터럭.

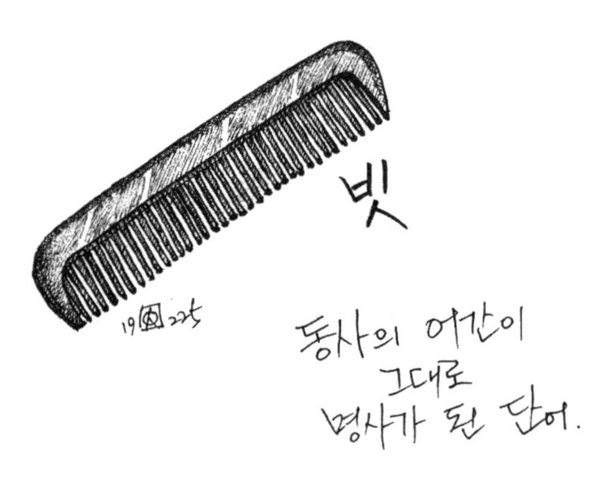
빗
동사의 어간이
그대로
명사가 된 단어.

빗

동사 '빗다'는 어간이 '빗-'이다.
수많은 동사 중에
어간이 그대로 명사가 된 단어는
이것밖에 없나 보다.
명사형 어미가 붙지도 않고
어간 자체가 명사가 되었다.
이런 단어가
또 있는지 말해 주었으면.

* '신다'도 어간이 명사로 쓰인다. '신발'의 '신'.

족집게

살면서 가끔은
이런저런 것들을
'쪽' 뽑아 버리고
싶다.

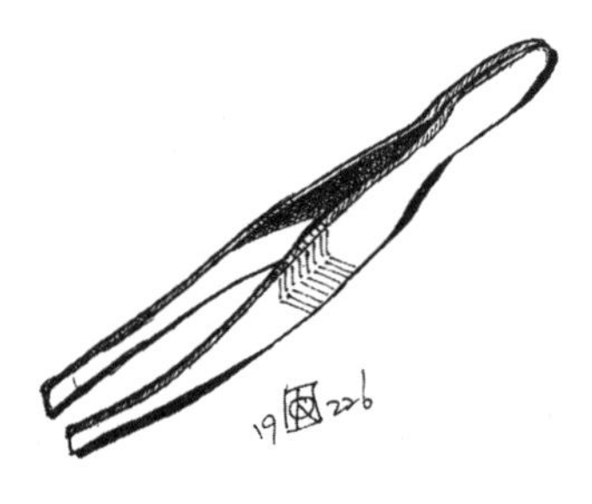

족집게

언젠가는 염색을 해야 할 정도로
흰머리가 될 터이지만
돋은 새치를 쪽 뽑으며 만족한다.
일단 보기 싫어서이다.
내 삶에서
내 주변에서
내게서
'쪽' 하고 뽑아 버리고 싶은 것들이
얼마나 많은가.

이어폰
나만 듣는다.
나만 못 듣는다
이명비한
(耳鳴鼻鼾
19 227

이어폰

귓구멍을 막고 있으니
자기가 듣는 것만 들린다.
외부의 소리는 자기만 못 듣는다.
그야말로
이명비한(耳鳴鼻鼾)이다.
자기 고집만 피우는 우리들의 모습이다.

* 이명비한(耳鳴鼻鼾) : 어떤 아이의 귀에 물이 들어가 이명(耳鳴) 현상이 생겼다. 귀에서 자꾸 피리 소리가 들리기에 아이는 신기해서 제 동무 더러 귀를 맞대고 그 소리를 들어 보라고 했으나 아무 소리도 안 들린다고 하자, 아이는 남이 알아주지 않는 것을 안타까워했다. 한 방에 여럿이 함께 자는 시골 주막에서 한 사람이 코를 심하게 골아 다른 사람이 잘 수가 없게 되었다. 견디다 못해 사람들이 그를 흔들어 깨웠다. 그가 벌떡 일어나더니 내가 언제 코를 골았느냐며 불끈 성을 냈다. 자기만 들리고 자기만 못 듣는 것이다.
_연암 박지원 〈공작관문고자서(孔雀館文稿自序)〉

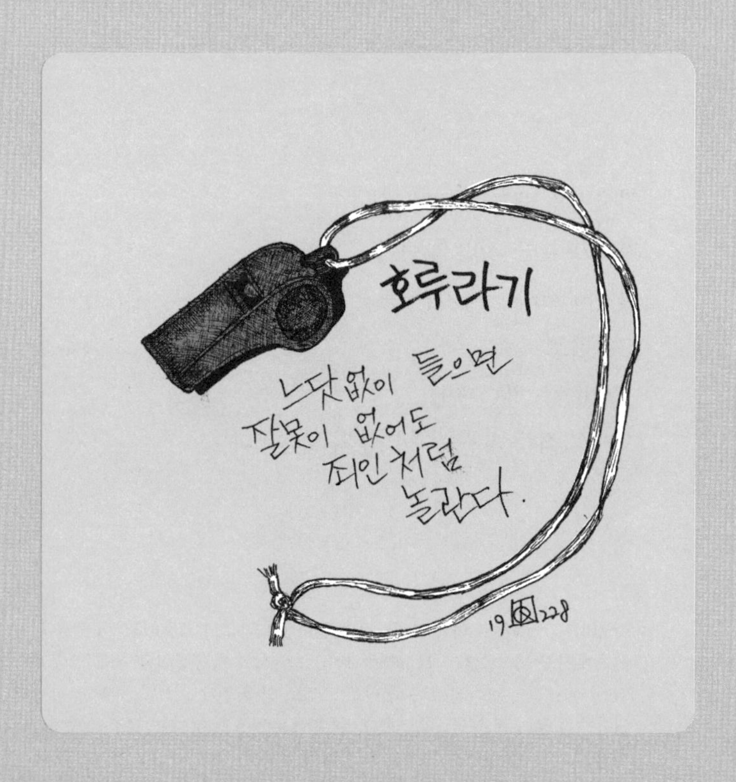
호루라기
느닷없이 들으면
잘못이 없어도
죄인처럼
놀란다.

호루라기

때로는 지은 죄가 없어도
들리는 호루라기 소리에
덜컥 겁이 날 때가 있다.
시끄럽게 울리는 사이렌 소리에
깜짝 놀랄 때가 있다.
잘못이 없어도 공연히
죄인인 듯 가슴이 뛰는 것은
아마도 원죄(原罪) 때문이리라.

손톱깎이
발톱을 깎아도
손톱깎이다.

손톱깎이

꼭 붙여진 이름대로 사용하지는 않는다.
발톱을 자르기 위해서도
손톱깎이가 필요하다.
꼭 그 용도로만 쓰진 않는다.
파리채로 파리만 잡는 것은 아니니까.

바늘과 실
항상 둘이 붙어다니지만
옷감에 남는 것은
실이다.

바늘과 실

늘 붙어다닌다고 하여
'바늘과 실' 이라고 하지만
결국 바늘은 실을 남겨 두고 떠난다.
두 가지 중 반을 사용하지만
실(實)은 실은 남는다.
영원히 함께할 것 같아도
언젠가는 헤어지는 법이다.
누구는 가고 누구는 남는다.
참 슬프다.

면봉
앞뒤에 솜이
붙어 있어 두 번은
사용한다.

면봉

한 번 쓰고 버리기에는 너무 아까워서
짐짓 양쪽에 솜을 붙였다.
그래야만 두 번 쓸 수 있으므로.
하물며
생각이라는 것도
두 번 하는 게 한 번 하는 것보다 낫겠지.

단추

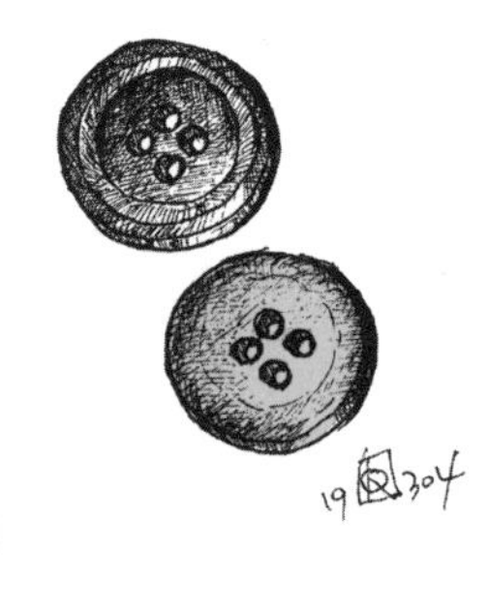

옷에 꼬옥
달려 있어야
제 역할을 충실히
할 수 있다는.

단추

옷에서 떨어지면 무용지물(無用之物)이다.
옷을 여미거나
장식을 위해서는
제자리에 있어야 한다.
누구나 제 역할이 있고
제 직분이 있듯이
단추마냥 자기 할 일을 잘한다면
무슨 문제가 있으랴.

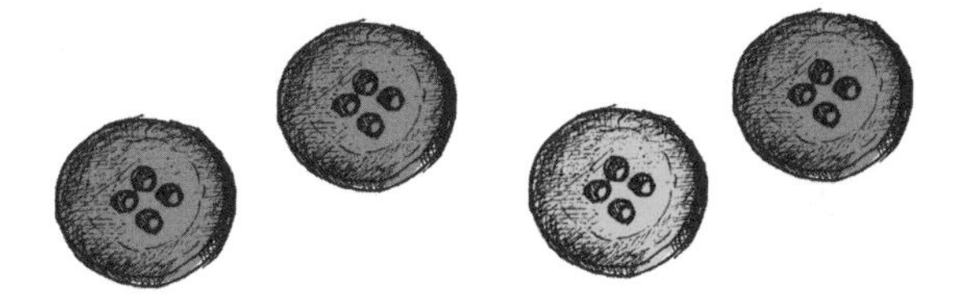

Wilson
2
공
세게 때리거나
강하게 칠수록
더욱더
반발할 테다.

공

공은
세게 던지면 던질수록
세게 튕겨져 나온다.
모질게 대하면 대할수록
거세게 대든다.
강자에게 약하고 약자에게 강한
모난 세상에 던져 주는 깨우침이다.

헤어
드라이어
BaByliss paris
호호 언 손
녹이듯
윙윙 젖은 머리
말린다.

헤어드라이어

바람을 일으키는 모터를 사용하여
젖은 머리카락을 말린다.
유년 시절 꽁꽁 언 손을
호호 입김으로 녹이며 버텼는데.
뜨거운 바람이 윙윙거리며
두피까지 따뜻하게 한다.
말리는 시간을 줄여 준다.
바쁜 현대인의 필수품이다.

시계
보이지 않는 시간을
구체화하여
인간을 조종하는
생명의 표징(表徵)

시계

우리는 시계의 노예다.
시계가 시키는 대로 움직이는 로봇이다.
배가 고파서 먹는 것보다
시간이 점심시간이라 먹는다.
잠이 와서 자는 것보다
시간이 되어서 잠자리에 드는 것이다.
보이지 않는 시간을
숫자로 구체화시켜
인간을 조종하는 능력자이다.

돋보기
돋보이게 하는 게
아니라
그냥 돋보는 거다.

돈보기

잘 보이지 않을 때
크게 자세히 보고자 들이댄다.
그렇지만
돋보이게 하는 것이 아니라
그냥 돋보는 것이다.

* 돋보다 : '도두보다(실상보다 좋게 보다)' 의 준말.

클립

잠시 함께
있게 하는 거야,
그리 오래
붙잡아 두지는
않을 거야.

클립

스테이플러가 오랜 시간 붙잡아 둔다면
클립은 잠시 잡아 두는 존재다.
흩어지지 않게
잘 붙어 있게 한다만
아주 오래 붙잡지는 않을 것이다.
그래서
묶는 게 아니라
끼우는 것이다.

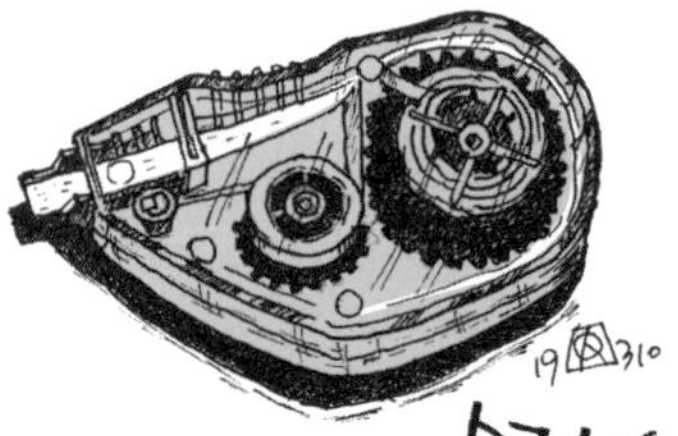

수정 테이프

덮어서 가릴 뿐
완벽하게 고칠 수는
없다.

수정테이프

수정(修訂)하는 것이지
수정(修整)하거나
수정(修正)하는 것은 아니다.
그래서 하얀 자국을 남긴다.
고쳤음을 알린다.
속이는 것이 아니라서 떳떳하다.

* 수정(修訂) : 글이나 글자의 잘못된 점을 고침.
* 수정(修整) : 고치어 정돈함.
* 수정(修正) : 바로잡아 고침.

종이컵

일회용이라는
고정관념 때문에
한번 쓰고 버린다.

종이컵

종이로 만들었기에,
또는 일회용이라는 생각에
쉽게 쓰고 버린다.
바닥이 새지 않는 한
열 번을 써도 괜찮을 텐데.
설거지를 하지 않아도 되는 편리함,
대신 쌓이는 쓰레기.

밥그릇

밥을
담아야
밥그릇이다.

밥그릇

무엇을 담느냐에 따라
그 용도가 정해진다.
이미 정해진 것도 있으나
때에 따라서는 달리 쓰이기도 한다.
밥을 담으면 밥그릇,
국을 담으면 국그릇,
찬을 담으면 찬그릇,
정(情)을 담으면……,
사랑을 담으면…….

안경

세상을
잘 보고, 바로 보고
제대로 보게 하는 존재.

안경

흐려진 초점,
노안으로 인한 뿌연 세상,
침침한 사물들.
그래서
잘 보고, 바로 보고, 제대로 보려고
안경을 쓴다.
하지만
차라리 안경을 벗고
눈에 뵈는 게 없이 살고도 싶다.

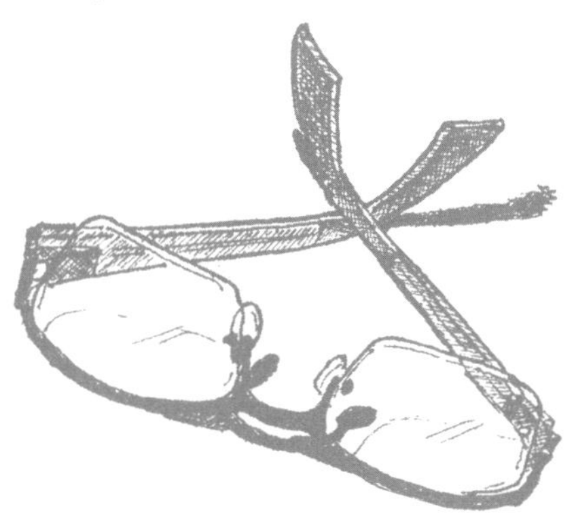

묵주
지니고 있는
것만으로도
평안하다

묵주

어머니께서는
형이 시험을 치를 때마다
형의 배냇저고리를 챙겨 주셨다.
믿음이었다.
시험에 합격하리라는 믿음.
묵주를 지니고 있으면
불안한 마음이 가신다.
잘 믿지도 않으면서
그냥 평안하다.
은총이었다.

갑티슈

한없이 나올 것
같아 쏙쏙 뽑아
쓰다가 당황한다.

갑티슈

모르면 편하다.
속이 보이지 않아
언제 끝나는지 모를 때
한없이 사용할 것 같을 때
너무 편하다.
아무 생각이 없기에.
우리의 생(生)도
언제 끝날지 몰라
안심하고 산다.
모르는 게 낫다.

허리띠

아무리
졸라매도
끝은 있게
마련이다.

허리띠

졸라매자,
언젠가 더 이상 졸라맬 수 없는 때가 온다.
모든 것에는 마침이 있다.
즐거움도
어려움도
그저 그런 상태도
다 마무리할 때가 있다.
흘러내리지 않을 만큼만
숨이 답답하지 않을 정도만
그때까지만
졸라매자.

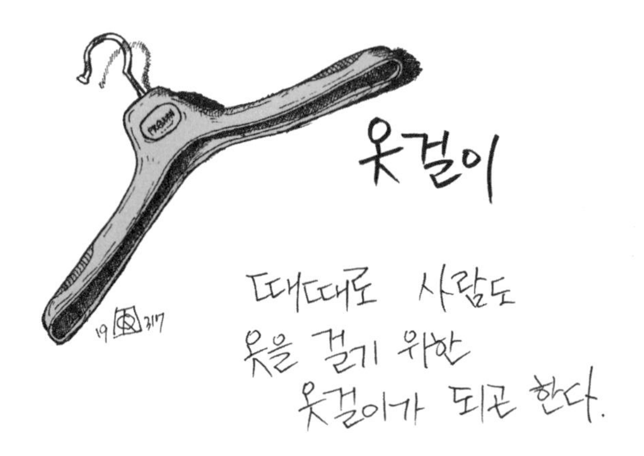
옷걸이
때때로 사람도
옷을 걸기 위한
옷걸이가 되곤 한다.

옷걸이

종종
주객전도(主客顚倒)가 된다.
본질을 잊고 곁다리를 내세운다.
사람을 위한 옷이어야 하는데
옷을 위한 사람이 되기도 한다.
옷을 위한 옷걸이인데
옷걸이가 좋아
사람이 옷걸이가 된다.
때때로
옷을 입은 사람보다
옷이 자랑거리가 된다.

손거울
보고 싶은 곳을
골라 볼 수 있으나
전체를 비출 수는 없다.

손거울

나무는 볼 수 있으나
숲은 보지 못할 때가 있다.
자신이 하고 있는 일이
순간은 즐거우나
우리 삶에서
어떠한 작용을 할는지
잘 모르고 행하곤 한다.
그래도
보고 싶은 곳을
골라 볼 수 있는
기회가 있음에 감사하자.

때수건
너무 세게 밀면
때가 아닌
피부를 떼기도 한다.
19 319

때수건

과유불급(過猶不及)!
적당함의 진리!
때는 없애야 하나
너무 깨끗이 밀다 보면
피부까지 밀려서
피를 보기도 한다.
너무나 맑은 물에는
물고기가 없다.
수지청자 상무어(水之淸者 常無魚)!

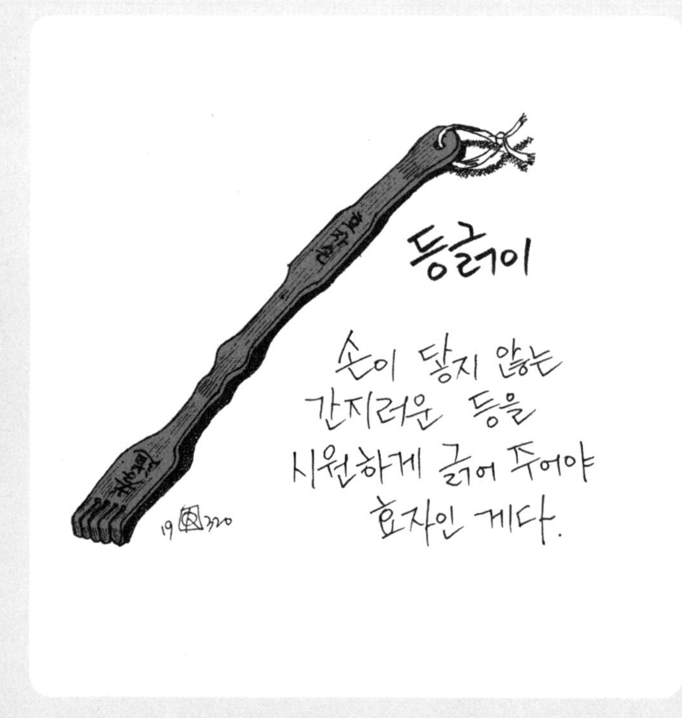
효자손
등긁이
손이 닿지 않는
간지러운 등을
시원하게 긁어 주어야
효자인 게다.

등긁이

등긁이

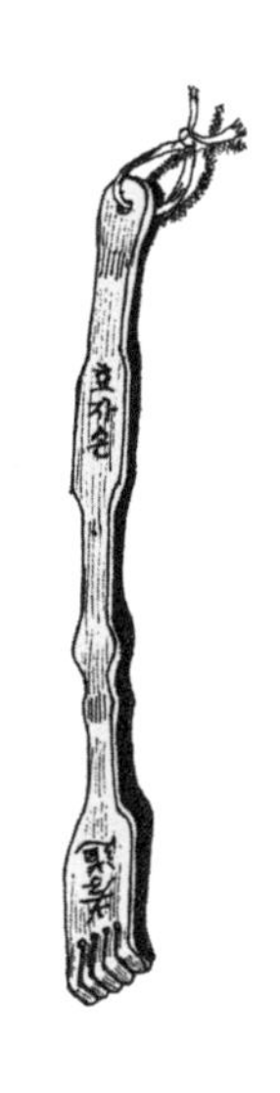

내게 가장 필요로 하는 것을
알아서 가져다 주는 사람,
내가 간절히 원할 때
나서서 전해 주는 사람,
나의 능력이 모자랄 때
선뜻 도움을 주는 사람,
그가 진정한 조력자이다.
그러나
필요한 것도
간절히 원하는 것도
모자랄 능력도 없다면
무슨 소용이 있겠는가.

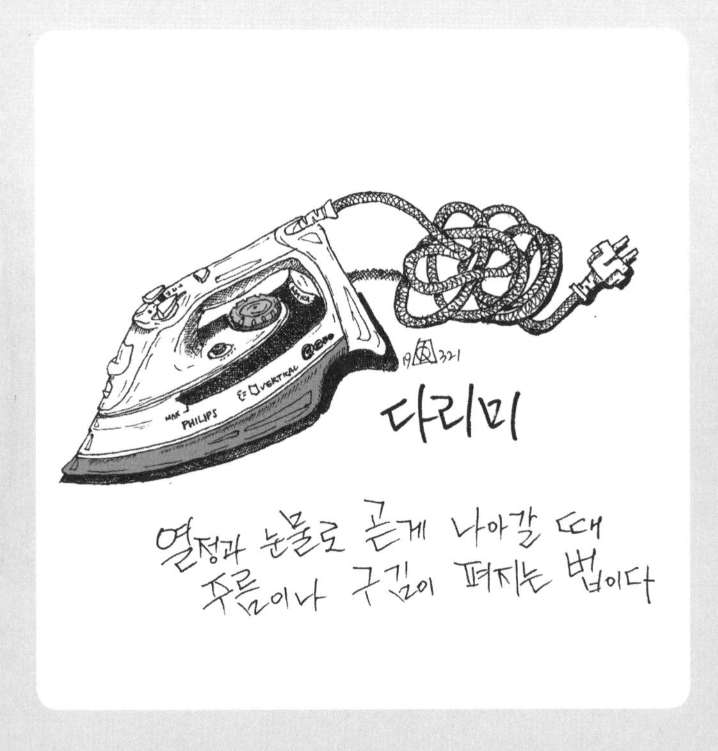
PHILIPS
다리미
열정과 눈물로 곧게 나아갈 때
주름이나 구김이 펴지는 법이다

다리미

일이란
뜨거움을 가지고
진한 땀이나 눈물을 지니고
앞을 향해
곧바로 나아갔을 때
뒤돌아보면
평평하게 지나온 길을 볼 수 있다.
열정과
눈물로.

셀카 봉
남에게 부탁하지 않고
혼자서도 할 수 있다는
개인주의의 단면.

셀카봉

스스로 알아서 잘 하려고
남의 손을 빌리는 것이 싫어서
실은
남에게 내 물건을 맡기기 싫어서
남의 실력이 미덥지 못해서
혼자서도
자알 할 수가 있어서
스스로 옹알이하듯
'김치~', '치~즈'
남에게 피해도 주지 않고
나도 피해 받지 않고.

전기 파리채
감전의 간접
체험으로도
충분한
희열을
느낀다.

전기 파리채

때로는
고통이라는 것이
나에게 것이든 남에게 것이든
희열을 맛보게 한다.
특별하게도
전기를 느낀다는 것은
짜릿하기도 하다.
물론
적당한 양일 때 말이다,
어떤 전기든.

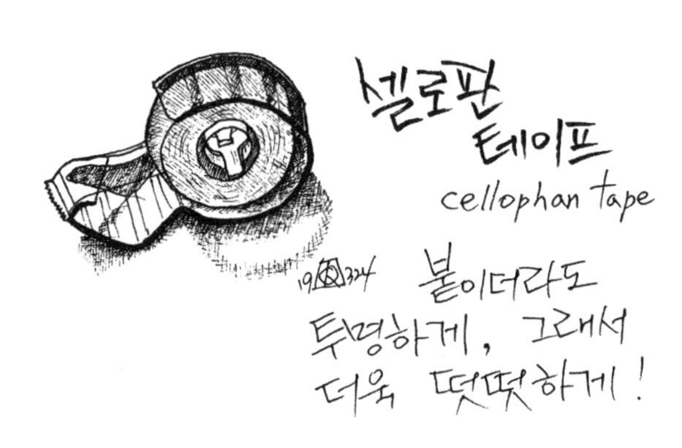
셀로판 테이프
cellophan tape
붙이더라도
투명하게, 그래서
더욱 떳떳하게!

셀로판테이프

찢어지거나
떨어지거나
붙여야 할 때
투명하게 속을 다 볼 수 있게 한다.
무엇을 붙였는지
어떻게 붙였는지
다 보여 준다.
그래서 떳떳하다, 당당하다.
그러나
완전히 보여 준 덕에
붙였는지 안 붙였는지
모를 수도 있다.

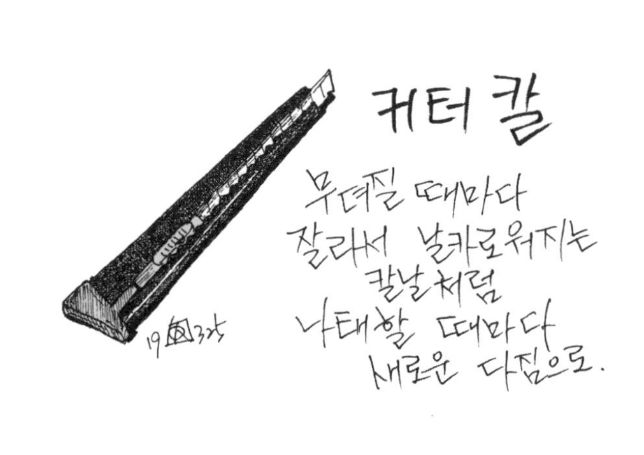
커터 칼
무뎌질 때마다
잘라서 날카로워지는
칼날처럼
나태할 때마다
새로운 다짐으로.

커터 칼

무엇이든
사용하면 사용할수록 닳는다.
처음의 다짐이나
초기의 신선함이나
시초의 풋풋함이
점점 무뎌지고 둔해진다.
이럴 때
'뚝' 잘라서
새로워질 수 있다면.
무뎌진 것을 버리고
다시 처음처럼 될 수 있다면.

마우스
mouse

집게 손가락의
누름만으로
대단한
일을 할 수
있쥐.

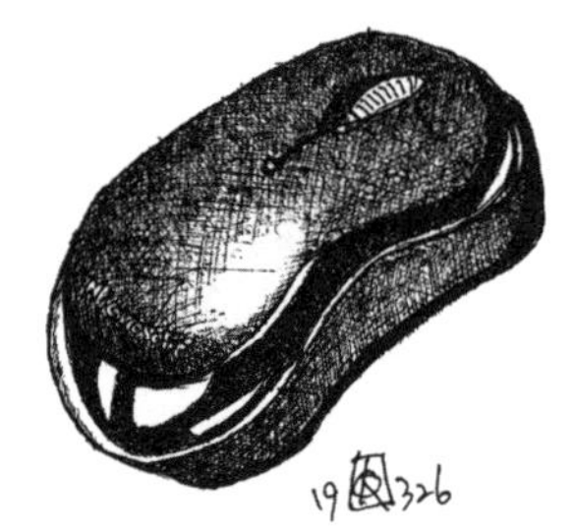

마우스

손가락 하나를 사용하여
이런저런 명령을 내릴 수 있다니
이건 영화에서 본
악당 두목의 손가락 지시보다 더 세다.
검지의 명령과 중지의 보조로
온갖 사무를 다 본다.
물론 엄지와 약지가
이리저리 끌고 다녀야 하지만.
쥐의 형상으로 태어나
점점 진화하여
요즘은 꼬리가 퇴화한 것들이 많다.

핸드폰 충전기
아무리 뛰어난
재능이 있을지라도
힘이 없으면
아무 소용 없다.
19 327

핸드폰 충전기

제때에 밥을 먹지 않으면
일을 할 수가 없다.
제 아무리 뛰어난
능력이나 재능이 있어도
힘이 없으면 소용이 없다.
충전이 되지 않으면
기능을 발휘할 수 없다.
건강하지 않으면
만사가 다 귀찮은 법이다.
잘 챙겨 먹고
열심히 일하자.

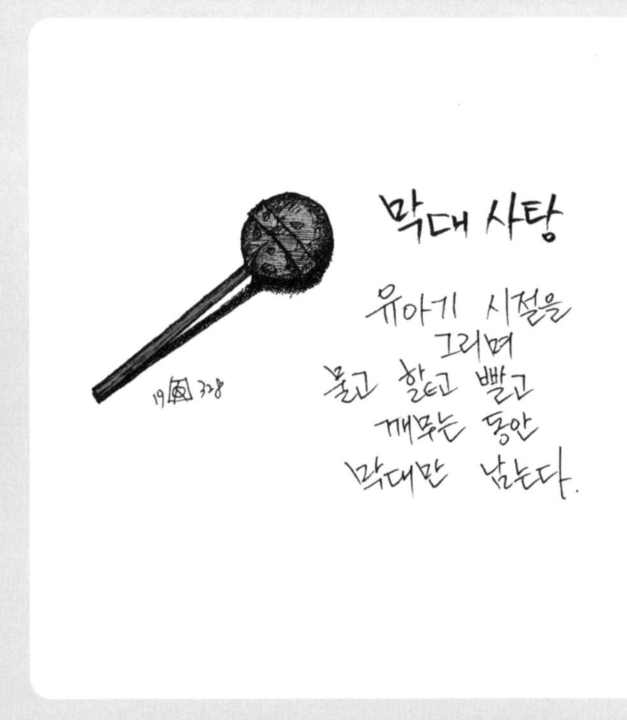
막대 사탕
유아기 시절을
그리며
물고 핥고 빨고
깨무는 동안
막대만 남는다.

막대사탕

사탕에 막대를 꽂아서인지
막대에 사탕을 매달아서인지
이름이 붙은 막대사탕은
아기 때를 떠올리며
물고
핥고
빨고
깨물면
결국은
막대만 남는다.
그래서 막대사탕인가 보다.

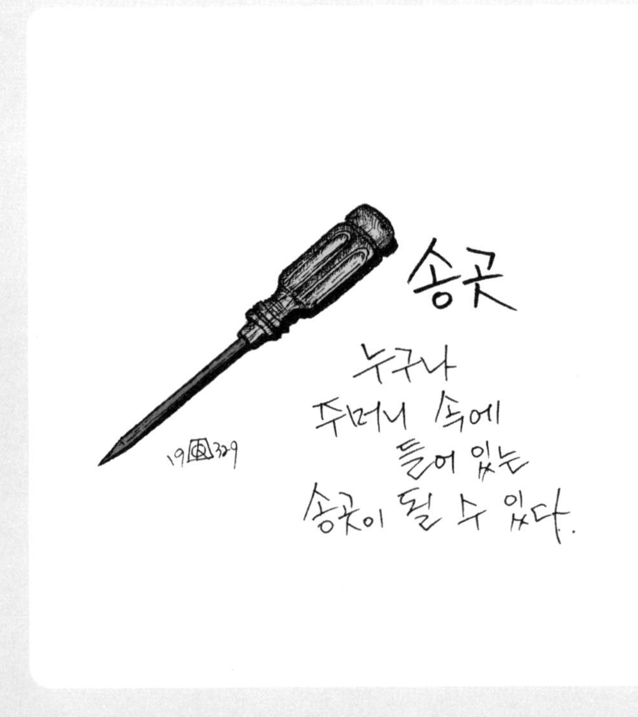
송곳
누구나
주머니 속에
들어 있는
송곳이 될 수 있다.

송곳

낭중지추(囊中之錐)!

굼벵이 구르는 재주 있다.

누구에게나

자신만의 특기가 있다.

남보다 잘하는 재주가 있다.

우리는 모두

주머니 속

송곳처럼

무엇인가를 할 수 있는

준비가 되어 있다.

그것을 모를 뿐이다.

* 낭중지추(囊中之錐) : 주머니 속의 송곳이라는 뜻으로, 재능이 뛰어난 사람은 숨어 있어도 저절로 사람들에게 알려짐을 이르는 말.

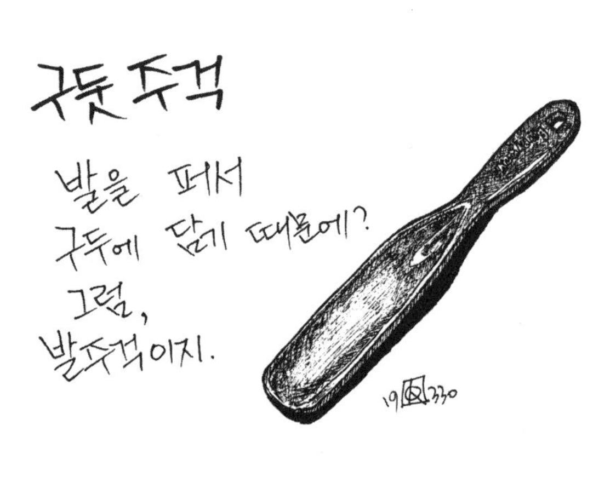
구둣주걱
발을 펴서
구두에 담기 때문에?
그럼,
발주걱이지.

구둣주걱

모든 것이
제대로 된 이름으로 불리는가?
밥을 푸면 밥주걱,
국을 뜨면 국자.
발을 펴서
구두 속에 발을 넣으면
발주걱이 아닌가?

고무 밴드

스스로를 옥죄어
감아야만
남을 단단히
붙들어 맬 수 있다.

고무 밴드

단단하게
붙들어 매기 위해서는
몇 번이고 제 몸을
옥죄어 감아야 한다.
무엇이든
내가 먼저 희생하지 않고
거저 이루어지는 것은
눈곱만큼도 없다,
하나도 없다.
그러나
남을 너무 세게 붙잡느라
지나치게 용을 쓰면
끊어진다,
제가 망가진다.

제침기
除針器
단단히 박힌
침을 쉽게 뽑을
수는 있으나
깊은 상처를 남긴다.

제침기

어떤 일을 행하기는 쉽다.
그러나 한번 한 일을
다시 되돌리기는 어렵다.
아니 되돌리기 쉬울 수 있으나
깊은 상처가 남는다.
지울 수 없는,
지우지 못하는 상처가 남는다.
그래서
다시 되돌리기 전에
신중하게
조심스레 해야 한다.
특히
한번 뱉은 말을
주워 담기는 정말 어렵다.

약
먹으면
낫는다는
믿음으로
그 효과를 본다.

약

믿음이 낫게 한다.
아픔이 치유되리라는 강한 믿음,
먹었기 때문에 나을 것이라는 신념.
그래서 약이다.
플라세보 효과이다.
하지만
약 좋다고 남용(濫用) 말고
약 모르고 오용(誤用) 말자.

* 플라세보 효과 : 플라세보를 썼을 때 환자가 진짜 약으로 믿어 좋은 반응이 나타나는 일.
* 플라세보(placebo) : 심리적효과(心理的效果)를 얻으려고, 실제로는 약리학적으로 생리작용이 없는 물질로 만든 비활성 약. 젖당, 녹말, 우유 따위를 이용하며, 어떤 약물의 효과를 시험하거나 환자를 한때 안심시키기 위하여 투여한다.

분무기
너로 인해
안개의 정체를
알 수 있었다.

분무기

안개는
아주 작은 물방울이
지표면 가까이에 부옇게 떠 있는 현상임을,
안개가 물로 만들어짐을
비로소 알게 되었다.
물을 담아
안개처럼 뿜어내는
뿜개 너로 인해.

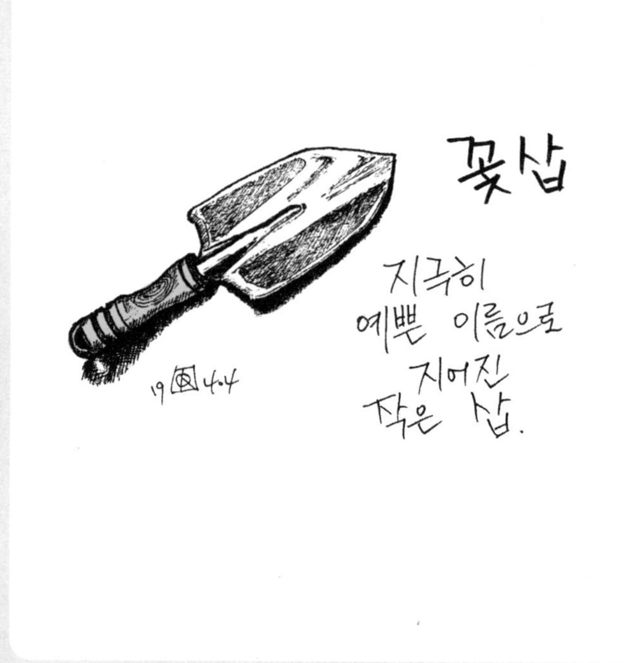
꽃삽
지극히
예쁜 이름으로
지어진
작은 삽.

꽃삽

그 많은 일을 한다만
그중에서
가장 예쁜 이름으로
불리곤 한다.
우리도
그 많은 활동 중에
가장 좋은 이름으로
불렸으면 좋겠다.
그 많은 보임 중에
가장 멋있는 이름으로
알려졌으면 좋겠다.
모종삽을
꽃삽으로 부르는 것처럼.

압정
세게 눌릴수록
더욱 단단하게
박힌다.

압정

행한 만큼
결과가 나타나는 것이
삶의 이치이다.
누르면 누를수록
더욱더 단단하게
박히는 누름 못.
눌림으로써
남과 남을 잇게 하는,
남만 더욱 돋보이게 하는
누름 핀.

커피 믹스

coffee mix

커피와 설탕과
프림의
삼위일체.
(三位一體)

커피 믹스

자신만의 개성을 가진 것들이
제각각 제 역할을 하다가
융합(融合)하여
독특한 기능을 한다.
커피와
설탕과
프림(크림)이
하나가 된
삼위일체(三位一體)
믹스 커피.

* 삼위일체(三位一體) : 세 가지의 것이 하나의 목적을 위하여 통합되는 일.

비누

물 없이는
혼자서
거품도 못 만들고
때도 씻지 못한다.

비누

어떤 것의 도움이 없이는
제 기능을 하지 못하는 것이 많다.
누구의 도움이 없이는
제 역할을 하지 못하는 일이 많다.
잘난 것처럼 보이는
독불장군(獨不將軍)은
실은 가장 불쌍한 존재이다.
당신이 없으면
나는 아무것도 아니다,
나 없이는
당신은 무용지물(無用之物)이다.

크래커
cracker

입에 넣고 씹으면
부서지면서
맛있는 소리가 난다.

크래커

소리부터 맛있다.
부서지면서 들리는
맛있는 소리가 난다.
단맛은 없으나
씹을 때 기분을 좋게 한다.
무언가
부서질 때
갈라질 때
금이 갈 때
즐거운 기분이 들기도 한다.

* crack : 갈라지다, 금이 가다; 갈라지게[금이 가게] 하다.

커피포트

신나게 끓다가도
멈출 때가 되면
멈추는
절제의 표본(標本)

커피포트

코드를 꽂고
스위치를 누르면
잠시 후 소리를 내다가
신명나게 소리를 내다가
멈출 때를 알아서
'툭' 하고 멈춘다.
그만둘 때가 언제인지
멈춰야 할 때가 어떤 상황인지
대단한 절제력(節除力)으로
상황을 끝낸다.
늘 넘치면
모자람만 못한 법이다.

빨래집게

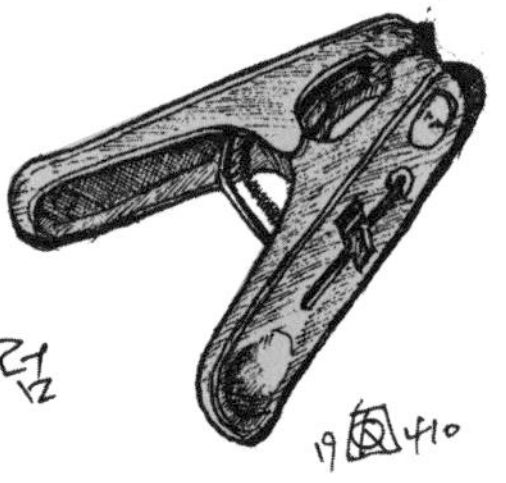

쉴 때면
자신이 빨래처럼
빨랫줄에
매달려 있다.

빨래집게

빨래집게

온전하게
어떤 일을 한다는 것은
오롯이
그 일에 전념하는 것이다.
쉴 때도 일에 관련하여 쉬고
일할 때는 일에 더욱 집중하고.
빨래집게는
일이 끝나면 비로소
스스로 빨래가 되어
줄에 매달리게 된다.
오로지
자신의 일에 전념한다.

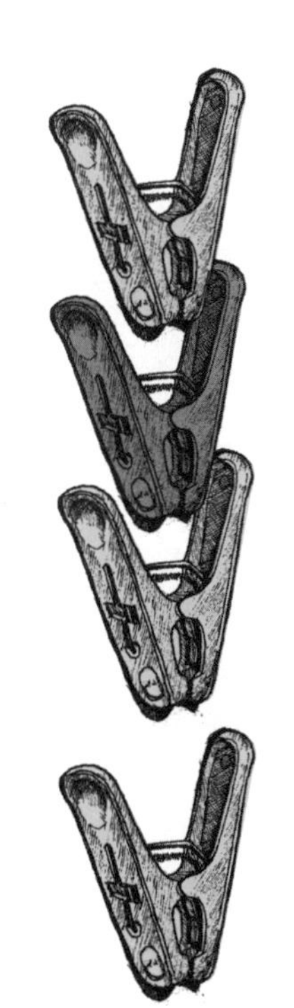

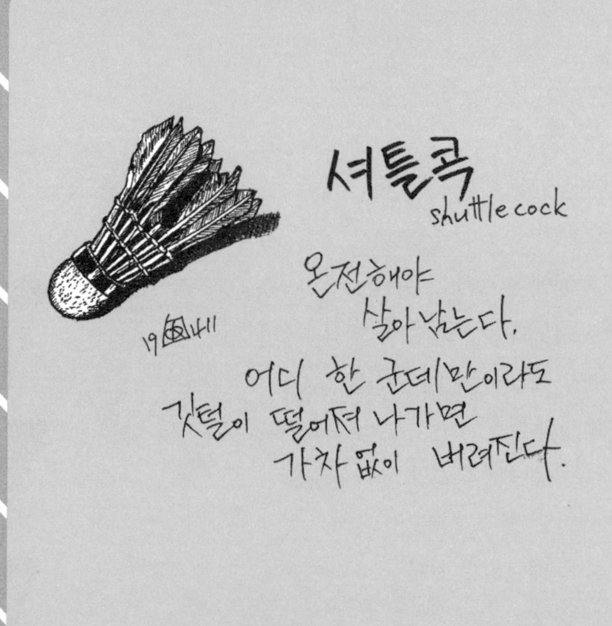
셔틀콕
shuttlecock
온전해야
살아 남는다.
어디 한 군데만이라도
깃털이 떨어져 나가면
가차 없이 버려진다.

셔틀콕

옹기장이가
심혈을 기울여 만든 도자기에
티끌 같은 흠집이 있으면
과감히 깨뜨리는 것과는 달리
사용하다가
온전치 못하면
그냥 버려지는 것들이 있다.
당연한 듯
눈물 한 방울 보이지 않고
가차없이
버려지는 것들이 있다.

초

실은 나를 희생하여
불을 밝히는 게
아니라
불을 밝히기 위해
녹아가는 것이다.

초

가끔씩 우리는
무엇이 우선인지
모르고 살 때가 있다.
누군가에 의해서
알게 된 것이 전부인 양
그렇게 생각하고 살 때가 많다.
목적이 무엇이냐에 따라
방법이 달라지는 것이다.
아전인수(我田引水)로
견강부회(牽强附會)하며
착시(錯視)를 진실로
오해하며 살고 있다.

붓
묻은 만큼만
칠할 수
있다.

붓

안분지족(安分知足)이다.
자기가 가진 것으로
만족하며 살아야 한다.
누구는
안일하다고
꿈이 없다고
소심하다고
뭐라고 할지 모르겠으나
제가 지닌
능력만큼 행해야 한다.
그 이상을 하려는 것은
과욕이다, 무리이다.
오히려 제 기능을 할 수가 없다.

지우개
깨끗이
지운 것의 대가로
지우개 가루를
남긴다.

지우개

이 세상에 공짜는 없다.
다 어떤 대가(代價)가 있는 법이다.
이 세상에 그냥은 없다.
다 어떤 이유가 있는 법이다.
이 세상에 결과만은 없다.
다 원인이 있는 법이다.
지움의 흔적으로
검게 된
지우개 가루가 남는다.
나의 과오(過誤)를
씻기 위해서는
어떤 것이 필요하다.
그 결과에 해당하는 어떤 것이.

전자 계산기
마지막으로
'='을
누르며
갖는
무한 신뢰.
19 415

전자계산기

과정이 중요하다고 하지만
결과 없는 과정이 무슨 소용이랴.
더하고
빼고
곱하고
나누고
그리고 마지막에
'=' 을 누르며
결과의 희비(喜悲)를 느낀다.
의심스러우면 다시 눌러 보며
확신을 갖는
마지막 '='.

보조
배터리
미리 충전하지
않으면
전혀 보조가
되지 않는다.
19 416

보조 배터리

준비된 자에게
여유가 생긴다.
예비한 자에게
자리가 마련된다.
남을 돕기 위해서는
자신이 먼저
도울 준비가 되어야 한다.
미리
마련하지 않으면
아무것도
할 수가 없다.

휴대용 선풍기

얼굴이
시원하면
다 시원함을
깨닫게
해 준다.

휴대용 선풍기

신기하게도
부분이 전체를 대신하는
대유법으로 살 때가 많다.
하루의 일과 중
한 가지라도 기쁜 일이 있으면
온종일 행복하다,
잠깐이라도 불쾌한 일이 있으면
그 찜찜함이
하루를 망치기도 한다.
작은 선풍이 하나로
온몸이 더운데도
얼굴을 시원하게 하면
다 시원하단 느낌을 갖는다.

돌멩이
어딘가 꼭
쓰일 데가 있으나
정작
필요한 때는
잘 보이지 않는다.

돌멩이

개똥도
약에 쓰려면 없듯이
평소에
별 쓸모도 없는 것이
막상
필요할 때는 뵈지 않는다.
우리도
세상에 그런 존재인지도 모른다.
그래서
더욱 필요한 것이다.
언제 어떻게
사용될지 모르니까.

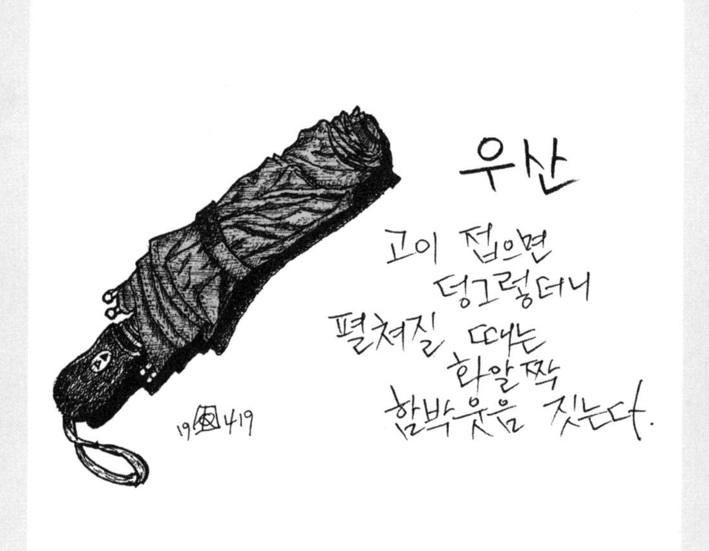
우산
고이 접으면
덩그렇더니
펼쳐질 때는
화알짝
함박웃음 짓는다.
19 4.19

우산

일을 하면
기운이 나고
신이 날 때가 있다.
자기의 직분(職分)에
보람과 성취감을 느끼며
행복할 때가 있다.
한쪽 귀퉁이에
풀죽어 있다가
비가 오면
활짝 웃으며
기 살아나는
우산(雨傘)처럼 말이다.

꽃병

물을 가득 담고서
꽃이 시듦을
유예한다.

꽃병

타인을 위해
작은 일이라도 하는 삶이란
얼마나 고귀한 것인가.
그런 삶이
숙명이라면
그런 생활이
운명이라면…….
물을 채워 담고
잠시라도
꽃이 시들지 않게 하는
꽃병의 숙명,
꽃만 보지
꽃병은 잘 보지 않는
현실에서.

컴퍼스
compasses
원하는 대로
원을 그릴 수
있는 걸음쇠.

컴퍼스

돌아야
원을 그릴 수 있다.
다리를 벌리면 벌릴수록
원은 커진다.
걸음을 크게 내딛으면
원이 커진다.
내가 움직이는
반경이 커지면
그만큼 인맥도 넓어진다.
다리를 얼마만큼
벌리느냐는
모두
내게 달려 있다.

다육이
多肉

물만 먹어도
살이 찐다는
말의
산증인

19 4.22

다육이

수분이 곧 육(肉)이다.
그 육이 많다.
그래서 다육이다.
물만 먹어도 살이 찐다.
사실이다.
실은
겉에 보이는 현상일 뿐이다.
세상은
다 원인이 있어서
결과가 나오는 법이다.

* 다육이 : 다육식물을 귀엽게 일컫는 말.
* 다육식물 : 잎이나 줄기 속에 많은 수분을 가지고 있는 식물. 체표(體表)에는 각피가 발달한 것이 많으며, 건조한 지방이나 소금기가 많은 지방에 자란다. 꿩의비름, 선인장 따위가 있다.

쓰레기통

남들이 버린 걸
먹지만
버리기 위해
먹는다.

쓰레기통

배설(排泄)을 위해 먹는지
먹기 위해 내보내는지
우리는 늘
집어넣고 빼내곤 한다.
쓰레기통은
끊임없이 나오는
쓰레기들을
군말 없이 받아먹는다.
그러나
배를 채우기 위한 게 아니라
버리기 위해
비우기 위해
꾸역꾸역 먹는 것이다.

의자
가만히 보면
엉덩이보다
허벅다리랑
궁둥이와
친하다.

의자

단순하게 사는 게
행복할 때가 많다.
의자에 앉아
곰곰이 생각해 보니
가장 많이 닿는 부분이
엉덩이가 아니었다.
공연히
신체 부위 명칭을
찾아보았다.
그냥 의자에 앉을 걸.

* 엉덩이 : 볼기의 윗부분.
* 볼기 : 뒤쪽 허리 아래, 허벅다리 위의 양쪽으로 살이 불룩한 부분.
* 허벅다리 : 넓적다리의 위쪽 부분.
* 넓적다리 : 다리에서 무릎 관절 위의 부분.
* 궁둥이 : 볼기의 아랫부분. 앉으면 바닥에 닿는, 근육이 많은 부분이다.

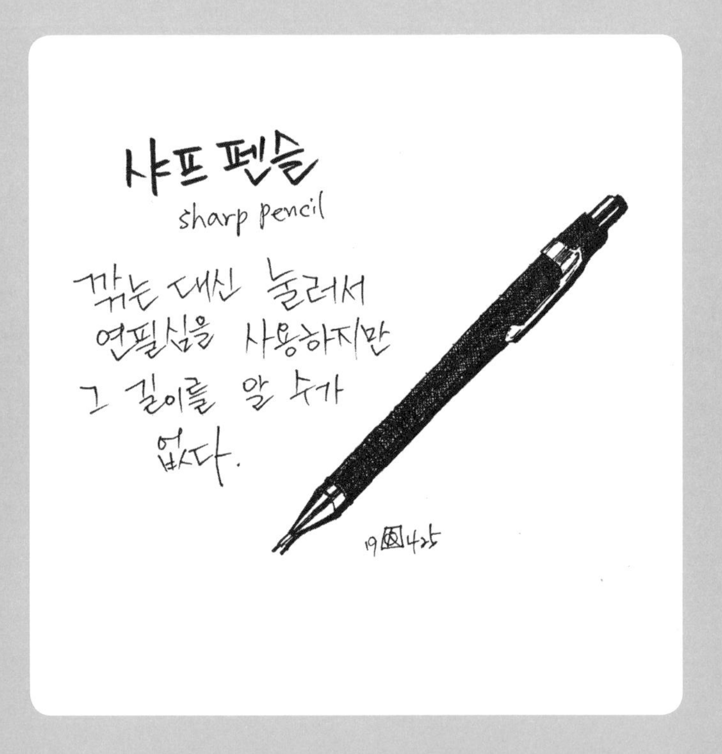
샤프 펜슬
sharp pencil
깎는 대신 눌러서
연필심을 사용하지만
그 길이를 알 수가
없다.

샤프펜슬

모든 것에는
장점과 단점이 있다.
편리함 뒤에는
무언가 대가를
치러야 하는 일이 있다.
샤프펜슬은
연필과 달리
깎지 않고 누름으로
편리하게 연필심을 쓰지만
깎는 정성이 없고
심의 길이를 알 수도 없다.
마구 눌러도
심이 안 나올 때가 있다.

핸드백
보기보다
이것저것
많은 걸
담을 수
있다.
19 426

핸드백

자신의 생각과
다른 상황이 닥치면
많이 놀라곤 한다.
그리곤
자신이 잘못 알았음을
인정하면서 성숙해진다.
직접 보지 않고서는
말하지 말라,
백문(百聞) 불여일견(不如一見)!

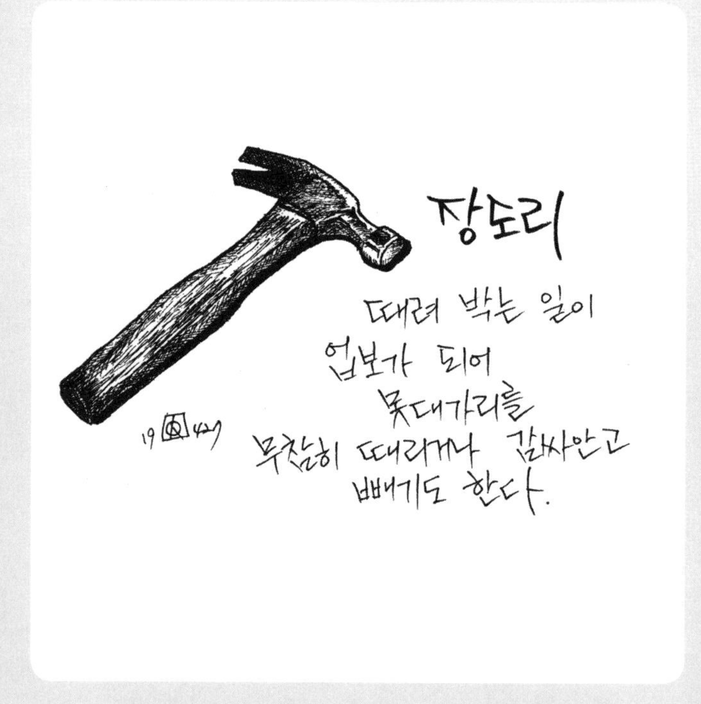
장도리
때려 박는 일이
업보가 되어
못대가리를
무참히 때리거나 감싸안고
빼기도 한다.

장도리

직업엔 귀천(貴賤)이 없다고 했다.
자신이 하는 일에
만족하면서
보람을 느끼면
가장 행복한 일이다.
맡은 역할에 충실한 것이,
직분을 잘 수행하는 것이
바로
'아모르파티(amor fati)' 이다.

캔 맥주

캔 꼭지를
따는 소리에
이미 시원함을
마신 듯하다.

캔맥주

캔맥주

시작하기도 전에
결과에 대한 떠올림으로
행복해질 때가 있다.
즐거운 기억이
좋았던 기분이 떠올라서이다.
멀리서
사랑하는 이가 걸어올 때
그 모습만으로도
그날 하루가
기쁨으로 충만할 수 있다.

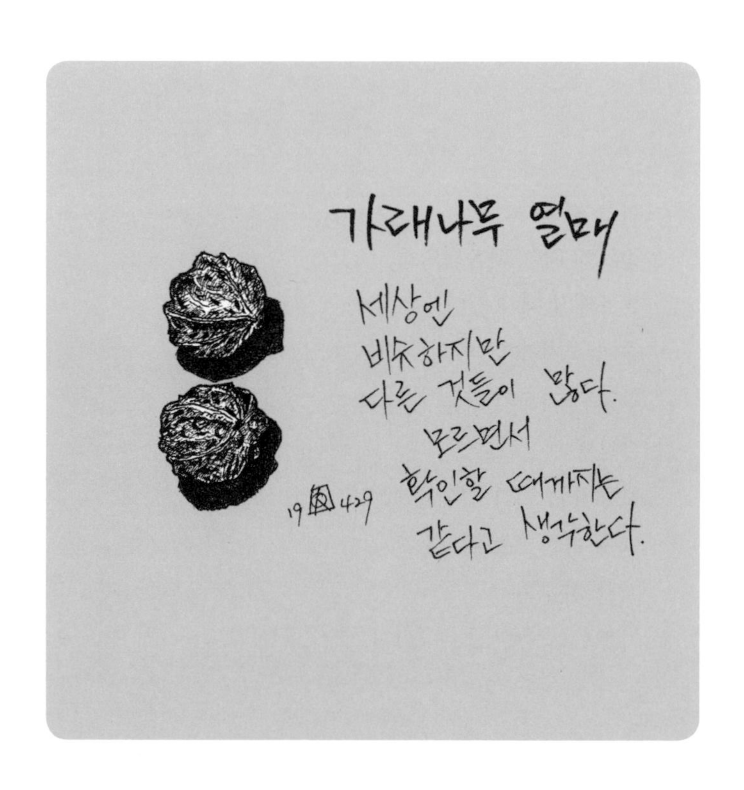
가래나무 열매
세상엔
비슷하지만
다른 것들이 많다.
모르면서
확인할 때까지는
같다고 생각한다.

가래나무 열매

호두알 같다고
호두알이라고
철석같이 믿고 있었는데
그건 가래나무 열매였다.
한번 믿어 버리면
그런 줄 알고
살아가는 때가 너무 많다.
좀처럼
고치기 힘든 습관처럼
굳게
그것도 잘못 알면서
굳게 믿는 게 너무 많다.

병따개

지렛대 원리로
병마개를 열어
병의 내용물을
자유롭게 한다.

병따개

그냥
우연히
이루어지는 것은
하나도 없다.
어떤 일이
시작되고 마무리되는 것도
어떤
원리에 의해서이다.
그 원리를 찾아
응용하는
인간의 위대함.

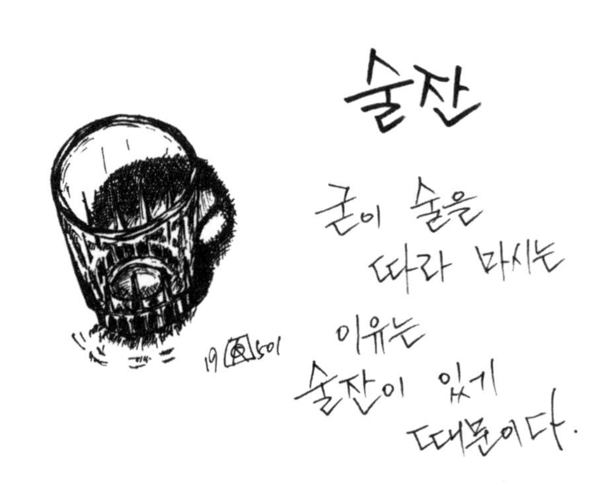
술잔
굳이 술을
따라 마시는
이유는
술잔이 있기
때문이다.

술잔

산이 있기에
산에 오른다는
산악인의 말처럼
술잔이 있어
술을 따라 마신다.
망우리 공원묘지에는
무수한
무덤들이 있다.
하나같이
다
핑계는 있다.

과도

果刀

섬세하게
껍질을 깎고
단호하게
알맹이를 자르는
외강 내유(外剛內柔).

과도

쓰임에 따라
유용하게 쓰기도
끔찍한 흉기가 되기도 하여
호불호(好不好)가
달라진다만
그 딱딱하고 날카로운
금속이
섬세하게 껍질을
벗기고 베고 다듬는 것은
겉만 강하고
속은 부드러움 때문이리라.

초콜릿
입에 넣으면
타액에 섞여
사르르 녹아
기분이 좋아진다.

초콜릿

그렇게
딱딱하지도
단단하지도 않고
입에 들어가면
침에 섞여
흐물흐물 녹아 버리지만
단맛을 통한
기운남이 좋다.
활기가 생긴다,
힘이 넘친다.
혀의 색마저
동화시켜 버린다.

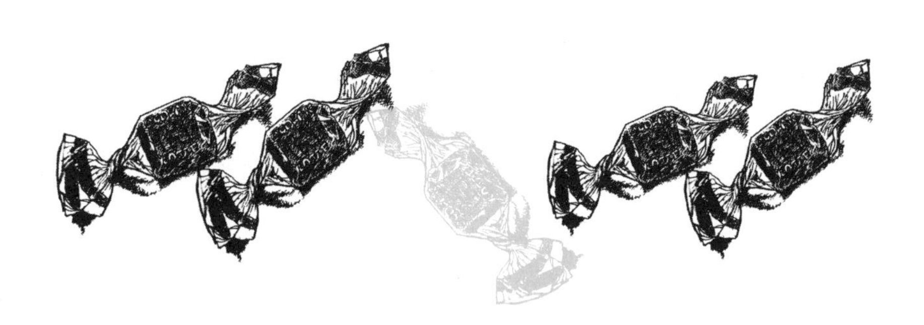

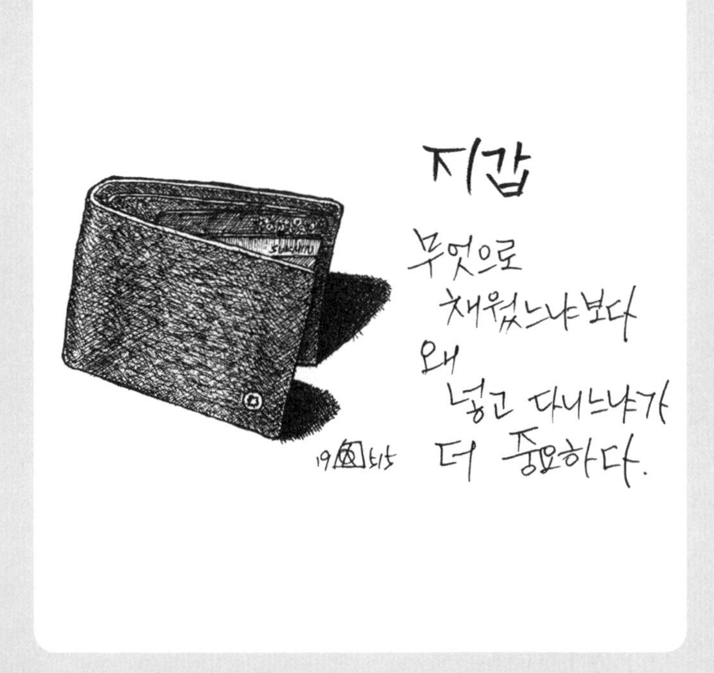
지갑
무엇으로
채웠느냐보다
왜
넣고 다니느냐가
더 중요하다.

지갑

지갑 안엔
꼭 필요하지 않은 것들이 있다.
당장 쓰지도 않는
이런저런 카드들,
받아 놓고 보지 않는 명함들,
오래된 영수증 따위…….
무엇으로 채웠느냐보다
왜 넣고 다니는가가
더 중요하리라.
허세나 허영심 때문에
넣고 다니는 것이 있다면
방하(放下)하라.

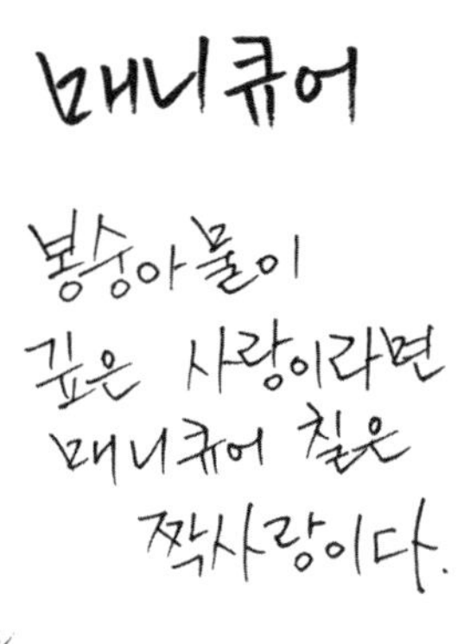
매니큐어
봉숭아물이
깊은 사랑이라면
매니큐어 칠은
짝사랑이다.

매니큐어

손톱이 다 자라서
그 흔적이 없어질 때까지
봉숭아물은 지워지지 않는다.
마음에 들지 않으면
아세톤으로 문질러
쉬이 지울 수 있다.
바로 이 차이다,
숨죽여 간직한
깊은 사랑과
첫눈에 반해
스치는 자신만의
짝사랑은.